오묘한
조화의
궁금증

오묘한 조화의 궁금증

발행일	2018년 1월 10일		
지은이	채 선 행		
펴낸이	손 형 국		
펴낸곳	(주)북랩		
편집인	선일영	편집	권혁신, 오경진, 최예은
디자인	이현수, 김민하, 한수희, 김윤주	제작	박기성, 황동현, 구성우
마케팅	김회란, 박진관, 김한결		
출판등록	2004. 12. 1(제2012-000051호)		
주소	서울시 금천구 가산디지털 1로 168, 우림라이온스밸리 B동 B113, 114호		
홈페이지	www.book.co.kr		
전화번호	(02)2026-5777	팩스	(02)2026-5747

ISBN   979-11-5987-935-7 03810 (종이책)   979-11-5987-936-4 05810 (전자책)

이 도서의 국립중앙도서관 출판예정도서목록(CIP)은 서지정보유통지원시스템 홈페이지(http://seoji.nl.go.kr)와
국가자료공동목록시스템(http://www.nl.go.kr/kolisnet)에서 이용하실 수 있습니다.
(CIP제어번호 : CIP2018000304)

(주)북랩 성공출판의 파트너

북랩 홈페이지와 패밀리 사이트에서 다양한 출판 솔루션을 만나 보세요!

홈페이지 book.co.kr • **블로그** blog.naver.com/essaybook • **원고모집** book@book.co.kr

채선행 시집

오묘한
조화의
궁금증

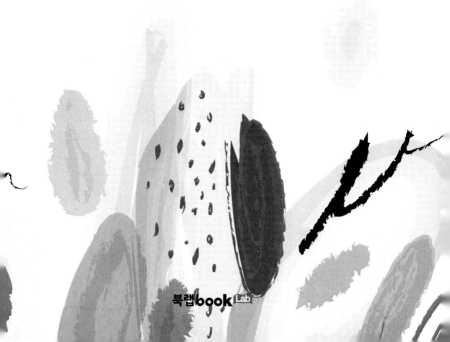

북랩 book Lab

시인의 말

어두움에서 새로이 나타나는 별과 같이 나 또한 눈을 뜨고 마음의 수를 놓아 이웃과 더불어 온정의 모닥불을 피우는 행복을 이어 낸다.

그리고, 이 책의 출판에 협조하시며 수고하신 출판사에 감사드리며 애독하시는 여러분의 기대에 실망이 없도록 더욱 노력하겠습니다.

2017년 겨울
채선행

목차

서시

나 있음이

더없는 기쁨이요

나 있음에

더없는 고마움이네

곱고도 굳은 멋에 무르녹고

온갖 맛을 삭이면서

참되게 거듭나는데

보은의 자세를 잊을 수 없으니

추한 모습 보이지 않으리라

커피

따끈따끈 커피잔에
알롱달롱 느낌들이
곱다랗게 어울려 퍼지면
모락모락 피어나는 매혹의 향기
좀스런 가슴에도
사랑스러운 별들이 들앉고
달콤쌉쓸 웅숭깊은 사연들이
죽순처럼 솟는다

오묘한
조화의 궁금증

도토리

바야흐로 삼복의 등을 떠밀고
나타난 처서절
시원한 바람이 두루 땀을 식힌다
흥에 겨운 도토리나무
흔쾌히 내어주는
뙤약볕에 영글린 선물
변변하진 못할지라도
정성으로 빚은 작품
귀여운 다람쥐가 받는구나
고마움에 두 손 모아 쥐는구나
나 어릴 적 아버님께서
건네주시던 정에 겨운
눈깔사탕

산토끼

이 산 저 산 수풀을 헤쳐갈 때
애로 또한 태산처럼 많기도 하지
할 말은 많지만 않기로 하고
곧추세운 두 귀로 우주의 속삭임
듣기로 했다
장애물이 오히려 운신의 폭을 넓히고
기화요초가 위안이니
의욕은 가득히 눈에 서리고
내딛는 거동에 힘이 솟는다

오묘한
조화의 궁금증

소나기구름

한 폭의 수채화를 그리다가

시원찮아 달리 그리고

또다시 바꿔보는 노력

하지만 쌓이는 울분에

한바탕 눈물을 쏟고

정처 없이 떠나간다

부끄럼인지 변장을 하고 서둘러 간다

고정 못 할 심사이기에

미련을 버리는 밭길이란다

굴뚝

꽃이 피고 새가 노래하는
호시절인데 세상은 괴이하고 흉흉하여
새까맣게 타는 속이니
언제 아물지 모르는 처지에서
바보처럼 우두커니 머물러
어찌할 수 없는 울화를
뿜어내는 일생이구나

그래 오 그래
털어내거라
속에 맺힌 숨 막히는 것들을
푸른 하늘 바라보며
말끔히 날려 버려라
그 무엇엔들 없겠느냐
꼬이고 매스꺼운 가슴앓이 지우면서
밝고 개운한 심사에
우러러 뵈는 초인으로 서거라

오묘한
조화의 궁금증

북어

지난날의 그리움에

눈을 감지 못하고

아득한 저 하늘에

소리 없는 고함인가

벌린 입은 그대로 나팔이요

바다를 향하는 몸부림은

장작으로 굳었네

잔뼈가 자라던 정든 삶터

활기 넘치던 무대를 벗어나

대지의 혹독한 역경에서

새로운 세상맛을 끌어안는다

홍어

초장 찍어 막걸리 곁들이어
깨무는 고기 한 점
그 환한 맛이라니
살아서 잠시 깝죽거리는
얄팍한 향기를 논함은
실로 유치한 거다
유명을 달리한 훗날
드디어 피어오르는 그윽한 향기
이 어찌 숭고함이 아니겠는가

오묘한
조화의 궁금증

모기의 충언

잉잉거리는 모기가 이르기를
막중한 그대여
그대는 깨어 있는가
잠들어 있는가
눈을 흔드는 자를 경계하거라
살갑게 다가오는 소리를 조심하거라
잠든 자는 뜯길 것이요
깨어있지 않는 자 물릴 것이니
옥체 온전하려거든
잠들지 말거라
깨어있어라
깊은 밤 다가와 귀띔하는 고마움이여

독작

초라한 사내 홀로
풀밭에 주저앉아
안주도 없이 술을 마신다
텅 빈 가슴으로 설움을 넘긴다
낙엽 같은 얼굴에
자신을 놓아버린 태만
왕년의 왕성한 희망을
거친 세파에 날려버리고
불구된 심사로 나앉아
형극의 행로에 갈증을 푼다
싸늘한 술판마저 덮쳐오는
눈보라에 관절이 쑤시는지
엉거주춤 먼 산을 본다

오묘한
조화의 궁금증

콩나물

정결한 곳에 마음을 실어
수신에 잠기었네
욕됨이 없기를
언제나 심사숙고
탁류를 멀리하는
아름다운 청빈이여
생각이 많아
오히려 단조롭구나

호수의 달밤

무수히 은가루 뿌려지는
달밤
찬란한 수면의 보드라운
손길에
무성한 교신이 이어지는데
오묘한 조화의 궁금증으로
오리 한 마리
물음표로 머물러
차디찬 시간을 삼키고 있다

어린 나무

어린 나무 귀여운 생명아

너의 보호막이 있을 때

실하게 자라야 한다

불볕을 가려주고

한파를 막아주는 그늘은

마냥 있어주는 것이 아니란다

귀염둥이 나의 사랑아

기회를 깨닫지 못하여

한눈팔고 나면 그 여린 몸

모진 풍파 냉혹한 세태를 어이 감당하려나

더없이 아까운 어린 생명아

해변의 초가

갈매기 자장가에
졸고 있는 외딴 초가집
허리 굽혀 드나드는
낮은 댓살문
시렁 위 고리짝엔
집안의 전설이 가득
석유 등잔 구들방엔
구구절절 애환이 수두룩한데
자녀들은 살 길 찾아 대처로 가고
서리맞은 노부부 가냘픈 체온
바다 향에 취한 해송이
애틋하게 지켜보고 있네

오묘한
조화의 궁금증

만족

그대는 알겠지
나는 모른다
요즘처럼 과욕의 극한시대에
만족을 안다는 것이
그리 쉬운 일이라더냐
만족을 모르는 나는
두루 치미는 허기에 걸근거린다
만족을 아는 속은 어떤 것일까
내가 알게 될 때는 언제일까

과속

거침없이 나아갈 때는
두려움도 사라지는지
과속의 집착은 끝이 없어라
남들을 우습게 보며
연이은 앞지르기
자신의 우월감에 도취해간다
규정도 거스르면서
통쾌하게 여기어 도도해진다
이따금 끔찍한 일들을 목격하고도
제 일이 아니라며 설쳐 갈 때에
주위정경 보일 리 없지
질주하는 날카로운 거동에
냉기류만 뿌옇게 뿜어내는구나

오묘한
조화의 궁금증

에라

에라 에라 못난 사람
에라 에라 어리석은 내 인생
어디에 눈을 두고
무엇에 귀를 세웠나
가지 않을 아슬한 길 덤벙거리고
버릴 것을 끌어안고 버둥거리며
천 년 꿈에 나만 알아 휘청거리는
에라 에라

벗

울울답답 자욱한 오후
돈독한 우정을 안고 온
벗이 있어 컬컬한 막걸리에
철철 넘치는 환희
주거니 받거니 물씬 잠기니
자르르 흐르는 훈기에
버무려지는 갖가지 인생사
울쑥불쑥 화려하게 수를 놓았네

오묘한
조화의 궁금증

구들방

아궁이에 불을 지피면
아랫목엔 따끈따끈 달아올라도
기별 없는 윗목이 있다
시렁 위엔 고리짝과 이부자리가
가난을 끌어안고
매달린 매주는 향기 아닌
향기로 방을 적신다
아랫목 요 속에는 밥주발이 있고
콩나물시루도 있다
윗목에는 올망졸망 보퉁이며
요강이 있다
문풍지 떠는 소리에 한들거리는
등잔불 주위로 엄마의 바느질
누나의 수를 영글이고
꿈과 안식을 일궈내는
옛 시골 구들방이여

벌목

주위를 독차지하는
아름드리나무를 잘라 버린다
자신이 크다고 깔보며
짓누르니 두고 볼 일 아니네
회평한 공존을 바라는 판에
어찌 선량한 다수가
희생될 수 있으리오
으스대며 남을 모르는
독선과 오만을 지워버린다

오묘한
조화의 궁금증

낙지

제아무리 뻘에 묻혔다지만
덩달아 빠진 넋이 아니다
식상하여 배배 꼬일 오장육부
아예 지워버리고
골수에 맺힐 소리 싫어
뼈마저 몽땅 버렸다
건전한 삶을 누리기 위하여
먹으로 두뇌를 채우고 있다

뿌리

한 생명 지키기가
어디 그렇게 쉽다더냐
현실 속의 존재를
어찌 외면할 수 있다더냐
빛이 없는 어둠이요
희망 없는 암벽이지만
상하지 않게 지키는 몸으로
사려 깊게 길을 만든다
탄탄한 내일을 열어나간다

오묘한
조화의 궁금증

거북이

땅바닥에 납작 엎드리니

바람 타지 아니하여

쓰러질 걱정 없고

높은 곳 쳐다보지 않으니

목이 아플 일도 없다

허욕에 눈뜨지 않아

숨 가쁠 것도 없고

비지땀을 흘리지 않아

탈진의 염려도 없다

주위를 돌아보며

웃음도 눈물도 함께하면서

느긋하게 가는 것이다

고드름

어르고 뺨치는 시대에
변변치 못한 주제
가까스로 세상 끝자락에
아스라이 매달려
어렵사리 육신을 굳히며
처량스레 진땀을 흘리며
여념이 없어라
초라한 몸부림에 머물러 있다

오묘한
조화의 궁금증

코끼리

위풍당당 정중한 행동

어질고 너그러움이

존경받아 마땅하지만

현실은 그렇지 못해

잘못된 평판으로

손상된 체면에 코가 빠졌지

식상한 군소리에

귀마저 덮고 말았네

보물찾기

초등학교 소풍 가는 날
산에 올라 보물찾기하였지
숨겨놓은 쪽지 찾아
공책이며 연필 지우개 등등
상을 받았지
미끄러지며 찔리면서
바위틈 나무 밑을 뒤지는 노력
이제는 새로운 걸 찾고 있어요
차근차근 들춰가며 찾고 있어요
숨겨진 표 아닌 나를 찾아요
구겨지지 아니한 나를 찾아요

풀벌레 소리

더불어 아기자기한

고마운 삶터에

나름대로 가슴을 엮어낸다

구성진 가락이지만

정체는 밝히지 않는다

비록 미물이지만 함부로

드러냄이 어리석다는 것을 안다

고운 인연 중한 생명

측은한 이웃에 특유의 음색으로

위로의 기쁨을 나누고 있다

두루미

드넓은 화평의 초원

보드라니 펼쳐진 초록 물결에

고매한 백의의 신사

무성한 맥박의 정경 앞에

의젓하게 내세운 기풍

저 건너 깊은 뜻이 있어

영롱한 시선 모으고 조용히

찌든 마음을 청풍에 말리고 있다

오묘한
조화의 궁금증

말솜씨

까치들이 지저귄다

단순한 의사표시에도

불편 없이 소통하고 어울린다

사치스럽지 아니하니 부작용이 없고

말수가 적어 피곤하지 않다

참으로 얌전하다

태평스럽다

이에 반하는 우리 인간

화려한 말솜씨에

너무나 탈이 많다

양념

하찮은 풀이라도
멋진 품위로 바꿔놓는
괴력이 있다
극성인 탓에 별의별
얄궂은 곳에도 은근하게
양념을 치기 바쁘다
미처 마련 못 한 이는
제아무리 솜씨가 훌륭하여도
발만 동동 굴린다
하지만 청백한 신사는
아무 데나 쓰지 않는다
요행을 바라는 수작을 하지 않는다

오묘한
조화의 궁금증

덫

순진한 생명을

마구잡이로 잡기 위하여

쇠붙이를 잡아끄는 자석처럼

현란한 장식에

꿀 같은 고명을 올려놓고

질기게 흘리고 있다

꿀꺽 혀까지 넘어가는 유혹에

트인 이가 아니고서는 걸려들기 쉽다네

때와 장소 가리지 않고

빽빽하게 널려 있으니

탈 없이 비껴가기 너무 어렵네

똥

반지르르 매끈한 차림

금덩이처럼 어줍게 내는 빛깔

사방팔방 드러내고자

풍성하게 뿜어내는 집착의 열풍

자기만의 자랑스러운 향기

자신만 모르는 구린내

북적이는 파리떼에

호사라며 으스대는 놈

도중에

얼마쯤 지났을까
이마에 땀을 닦으며
밝은 웃음 짓는다
지나온 길 돌아보니
아슬한 길 팍팍한 길
멋없이 조잡스러운 길
잊자잊자
부질없는 미련 지우며
평온하기를
욕되지 않기를 새기는
행보이어야겠네

눈사람

온정 같은 건 아예
나에게 보이지 말라
오히려 나를 잃게 할 뿐이다
조화를 부리는 화사한
심장은 떼어버리고
과묵하고 소박한 냉혈체질로
이미 동토 위에
굴러 굴러 다져진 몸
주어진 현실에서 꿋꿋하게
냉철한 안목으로
얼어붙은 주위를 지켜볼 것이다

오묘한
조화의 궁금증

성냥

시련의 와중에서

어렵사리 갖춰진 품위

경솔함이 없어라

침묵 속에 근신하는

인내의 우아함이여

언젠가는 어두운 구석

차디찬 곳에

밝은 빛과 열기를 일구는

살신성인의 기회를 맞을 것이다

웃음

지난날을 돌아보며
웃음 짓는다
여러 사연 많은 느낌
명암에 웃음
어리석어서
어리석기에 겪지 않을 아픔이어서
무심결에 의미 있게
거울 앞에서 웃고
내일은 또 어떨까
하면서 웃는다

오묘한
조화의 궁금증

대장간에서

풀무는 화력을 북돋우고

불은 쇠를 달군다

달궈진 쇠는 모루에 올려지고

큰 매 작은 매의 다스림에

겨우 쓰일 기틀을 갖춘다

찬물에 들어 강도 높은 심신을 닦고

드디어 전장에 임하여

당당한 능력을 발휘할 수 있는

기회를 얻는 것이라네

말 앞에서

육중한 체구는
너의 재갈에서 안타깝고
윤기 넘치는 맵시는
거친 여물에서 눈물겹고
재를 넘는 방울 소리는
조아리는 머리에서 서러워라
돌자갈에 번뜩이는 발길은
애틋한 눈에서 장엄하구나

말에 대한 명상

무료한 마구간 박차고 나와

천릿길을 달려야 한다

우주 열어가는 데에

험산유곡 거칠 것 없다

창공을 딛고 땅을 차는

발의 북소리

꿈의 날개를 펴고

아침 햇살 틔는 곳에

구릿빛 육신을 드리우리라

산중의 밤

고요한 깊은 밤에
구슬픈 소쩍새 소리
그 사연 무엇인가
잊지 못하는 그리움이냐
못 견디는 마음의 아픔이냐
별들은 저토록
사랑의 눈빛이 아름다운데
너는 홀로 그 모습 처량하구나
산 넘어가는 바람은
거침이 없고
계곡의 물소리는
희망의 끈을 늦추지 아니한데

오묘한
조화의 궁금증

달

강물에도

우물에도

달달 둥근 달이 들었네

나에게도 들었으니

뿌듯하게 들었으니

꽃으로 진주로

사리사리 애환들이

나름대로 피어나리

옹골진 사랑으로

깊은 뜻 고운 향기

가슴으로 넘치어라

벼룩

몸집이 크다면 몰라
좁쌀만한 것이 제 딴에는
머리 굴려 멋지게 산다 하겠지
덩치 큰 사람을 괴롭히며
피를 빨아 배를 불리니
그렇다고 보면 대단한 배짱이지
엎드려 기는 것에 한 수 더 뜨는
비약이 보는 눈을 속인다
그래 봐야 별수 없으니
산을 넘겠냐
강을 건너겠냐

오묘한
조화의 궁금증

쥐

의뭉하고 잇속만 노리는
야비한 짓에는
긴장과 공포를 벗지 못하고
멸시와 덫이 있기 마련
현상의 틀을 깨지 않고서는
험난한 음지만 있을 뿐이다
생명을 부지하기 위함인가
일말의 염치는 있는 것인가
약삭빠르고 은신의 재주가 있구나

붕어

배부름이 오히려 허기를 느껴
먹이를 찾는구나
집착으로 탈을 부르기 전에
청수의 의미를 새겨봐야 하겠지
맹물로 연명할지언정
마구잡이로 삼키려 하지 마라
미끼에 걸려 소중한 목숨
망칠까 저어하다

검정 고무신

값비싼 하얀 고무신은 구경거리뿐

나에겐 과분하고 황송했던

검정 고무신

행여나 찢어지면 꿰매 신었고

바닥 닳아 철떡거려도

장날만을 기다리는 애타던 시절

달걀 꾸러미 푸성귀 올망졸망 바구니

머리에 이고 삼십 리 자갈길을

허기마저 끌어안고 어둠 속으로

어머니 다리품에 사오신 신발

나의 손에 밤이 길었던

어릴 적 그 시절

검정 고무신

꿈

뻔질나게 꾸는 꿈
돼지를 그리고 집을 지어도
못난 놈에겐
언제나 그날이 그날
정성의 부족인가
거품처럼 사라지고 뭉개지는 꿈
질긴 정 떨치지 못해
연이어 꾸는 꿈으로
이 생명 이어지나니
미운 듯 나에겐 활력소라네

한 점 구름

저 하늘 한편에
외로운 구름 흰 구름 떠 있네
무엇을 지켜보며 어느 삼매에
무르녹아 있는가
음미하는 깊은 맛에
아쉬운 미련이 어찌 없겠냐
애틋한 정 또한 어찌 없겠냐
부질없이 분망한 세상사에
마음을 추스르고 다듬다가
순간에 고요히 스스럽게도
그 모습 지워지겠지

해변의 바위

바닷가에 우직하게 서있는
바위
청승맞게 있지 말고
변하라 깨어나라 파도는
달래기도 하면서 으름장을 놓지만
두어라 말아라
생긴 대로 이대로가 좋으니라
외고집 옹고집 다 부리며
뚝심 좋게 외곬으로 버티고 있다
우화등선을 만들겠다고
불철주야 성화인 파도의
수고도 아랑곳없이
내가 깨지냐
네가 부서지냐
바위는 무쇠처럼 우뚝 서 있다

간격

정연한 간격이야말로

아름다움이요 행복 조건이네

열차의 천릿길 주행도

한결같은 간격

그 바탕 위에서 이뤄지나니

어찌 거스를 수 있으리

불행을 부르는 추태를 막기 위하여

나로부터 설정된 간격

세심한 성찰로 지킬 일이네

찻잔

향기는 그릇에서 나오고
그릇은 향기를 더하니
그릇된 그릇에서 멋진 향기
기대할 수 있으리오
사랑하는 이에게 어찌
추태를 보이겠는가
기쁨을 드릴 정성에
언제나 품위를 잃지 않는다

오묘한
조화의 궁금증

못질

박혀서는 아니 될 곳에
못질하는 건 아닐까
엉뚱한 곳에 상처를 내는
서툰 수작을 말아야 한다
누군가의 깊은 가슴을 찌르는
지우지 못한 못질을 하는지 몰라
어리석음과 오만으로
천추의 한을 만드나 몰라

해바라기 꽃밭에서

마주하는 얼굴이여

눈물 나게 반갑구나

웃음 나게 서럽구나

하염없이 보고픈 얼굴이지만

대하는 시간은 짧기만 하고

아낌없이 주고픈 심정이지만

건네줄 사랑을 지니지 못해

기쁨은 얼굴에 피어나고

슬픔은 가슴으로 뭉치어라

뜨거운 피가 흐르기에

측은한 마음만

토실토실 영글어라

옹달샘

병풍처럼 둘러 막힌 산골

꼬막 같은 집 마당 한편

쪽박처럼 앙증맞은 바위 옹달샘

한 팔의 깊이이지만

겨울이면 김이 모락모락

여름이면 이가 시린 물

퍼내고 퍼내도 줄지 않는 신비

겉만 보고는 모를래라

겪어봐야 알겠더라

왜소하다고 초라하다고

쉬 얕볼 일 아니네

민들레

옥토야 많지만 들지 못하고
시멘트 바닥 틈새의 열악한 환경에
한 생명 역사를 일구었으니
믿기지 않은 기적이어라
어떤 연이 있어 뿌리를 내리고
무슨 벌이가 있어 연명해 가나
뭉개질 듯 으깨질 듯 가녀린 육신
볼품없이 초라하지만
자신을 살피며 순리를 좇는
소박한 일생이 갸륵하구나

오묘한
조화의 궁금증

겨울나무

잎들의 작별에 새들도 떠나네
쌩쌩한 찬바람에도
당당하게 자리를 지킨다
비우고 지우는 것은
밝은 내일을 가꾸기란다
마음의 강장제로 추위를 마시고
육신의 영양제로 찬 서리를 삼킨다
건전한 심신을 다지며
산뜻하고 신명 난 봄을 꾸린다

질화로

추위에 바라는 건
따뜻한 사랑인데
훈훈한 인정 없이
반지르르 광낸 외모 어디에 쓰랴
못 생기면 어떻고
투박하면 어떠랴
향기 어린 온정이
시린 마음 녹일 수 있지

오묘한
조화의 궁금증

잠자리

하늘은 높고 푸르다지만

하도 어수선한 세상인지라

조심스레 침묵으로

있어도 없는 듯 애틋한 유영

남루한 곳에 머물지라도

세심한 주의는 필수

갸우뚱 살피고 망설이다가

아스라이 좌정을 취한 것도 잠시

초연하게 자리를 뜨는

가냘픈 생명 외로운 집시

멍청이

수십 년 살아온 동안
아직도 듣는 이 소리
식상하지만 달리 새겨보는
뒷맛이 오히려 상큼하다
돌이켜보건대 어리석고 모자란
면이 적잖으니 참으로
정이 넘치는 지적이었네
영양가 높은 충언이었네

오묘한
조화의 궁금증

장날

정해진 장소에 약속된 날에
너도나도 모여들어 활력을 추스른다
누구는 올망졸망 일상을 펼쳐놓고
희망을 걸어둔다
누구는 눈높이에 맞추어
되질하고 자로 재고 저울질한다
아쉬움을 건네고
시름을 덜어내며
필요를 건져간다
이고 지고 터벅터벅 또는
비우고 털고 갈 길을 간다

가난의 회고

책값이며 월사금이 없어
초등학교마저 포기하던 시절
중고등 대학을 나온 이들이
헐벗고 굶주렸다는 지난날을
속살거릴 때 할 말을 잃고
그림자 지워지듯 자리를 뜨는 이가 있었다
숙인 머리 천장을 보며
살며시 떠나는 그는
편모슬하에서 그야말로 가난에 휘청거리며
지척의 초등학교도 가지 못하고
나무망태 혹은 지게 작대기에
눈물을 적시던 친구를 떠올린다

구름

세상은 넓고 넓어

헤아릴 수 없고

고요한 듯하여도

소용돌이 거칠어라

흥미진진한 삼라만상

무한한 볼거리에 눈이 부신다

영원이란 있을 수 없고

변화만이 무성한 곳

무거운 짐을 털어야

머물 수 있는 진리 앞에

생각을 바꿔야 하고

구태를 벗어야 한다

촛불

옳다고 여기어 하여야 한다면
희생을 각오하는 자세
장한지고 장한지고
어떠한 어려운 일이라도
이루지 못할 것이 있겠는가
답답하고 괴로운 어두움을
지우기 위하여
자신을 불사르는 위용에
어찌 통쾌한 밝은
세상이 없겠는가

오묘한
조화의 궁금증

등산

가까운 산에 오르지
매일이다시피 홀로 오른다네
다정한 손짓의 나무들이며
새들의 멋진 환영의 노래
볼품없는 나를 반겨주는 곳
이만한 곳이 어디 또 있으리오
지워지는 시름이요
피어나는 활기라네
부담 없이 받는 기쁨
은연중에 노래를 부른다네
흥얼흥얼 나의 노래 부른다네

노인

봄 여름 가을 스쳐버리고
어느덧 겨울 맞으니
비린내 벗기도 전에 쭈그렁이네
욱신거리는 삭신뿐이냐
감정 또한 여려지니
비감이 자리하며 기쁨은 달아난다
떠나고 흩어짐에
머언 하늘 한편으로
아롱지는 추억이여
언제나 먼저는 젖먹이 시절
부대끼며 굴러 나앉은 지금
가까워지는 종점 앞에
고마움이요 부끄럼을 끌어안는다

부채질

활력을 보태어

피어날 것을 부추긴다

화기를 날리어

식힐 것을 식힌다

엉킨 것을 풀리게 하고

쭈그렁이를 부풀게 한다

날릴 것을 날리어

옥석을 가린다

낙엽

날이 밝자 꾀죄하게 어울려 있는
낙엽들
밤사이 회심주를 마시었나
불그레 화색이 피어있다
깝죽대던 지난날을 돌아보며
들썩이던 애환에 촉촉이 젖어
숨 고르는 순간
야유인지 경멸인지
집적거리는 찬바람이
심기를 괴롭힌다

오묘한
조화의 궁금증

귀뚜라미 소리

어두움으로 물상이 잠기고
낙엽이 궁지로 몰리는 밤
너의 무거운 소리가
애수를 불리는구나
비록 기쁨을 잃은
고달픈 늪이라지만
흥거운 가락으로
기분을 돌려보지 않을래

잔디밭

비단결같이 보드라운 인정 위에
고운 햇볕 어린다
측은하고 아끼는 사랑에
자중하는 아량
삶에 욕되지 않을까
담담하게 성찰하나니
낮추는 자세에 열리는
아름다운 화평의 무대

오묘한
조화의 궁금증

회한

마시는 세월에
취하는 감회에
아찔아찔 뭉클뭉클 번잡스러운데
서글프게 피어있는 저녁노을 아래로
땅거미 나를 덮으니
별처럼 반짝이는 지난 일들에
초라해진 육신이 휘청거린다

술

기쁨이 무엇이더냐
나름대로의 맞춤이겠지
제멋에 찾는 기쁨
맛깔 빛깔 다르고 달라
놀라고 의아스럽지
부질없는 인생사
소중하기 그지없는 몸
고쳐 못할 이 순간을
씻을 건 씻으면서
푸른 싹 틔워내는
술 한잔
뭐니해도 술 한잔이네

제자리

마땅히 있어야 할 곳에
얌전히 있을 일이다
엉뚱한 곳에 있어서는
초라하고 같잖게 보여
웃음거리에 지나지 않을 것이다
적합과 균형의 원칙에
어울려야 돋보이기 마련
그렇다면 나는 과연
어디에 어떻게 있는 것인가

허수아비

어연번듯 그럴싸하지만
중심이 없는 몸
이성도 깨달음도 없이
누군가의 뜻에 따라
정해진 곳에
정해진 짓에
그저 아무렇지도 않은 듯
보내는 일상이 여유롭구나

얕보지 마라
비웃지 마라
어리석고 망연한 것 같지만

넓고도 풍성한 들녘을 보면
무릉도원이 따로 없다

단벌옷에 적수공권
밤하늘 지붕 삼아도
두려움이 없어라 한도 없어라

일월성신 깊은 정에 들면
부귀영화 따위가 무슨 대수랴
가슴 가득 즐거움에
청빈의 일상이 신선이란다
쥐락펴락 괴벽의 날씨에도
무념무상이 천국이란다

여수항

그윽이 고운 바다
물은 청록으로 빛나고
다정히 어울린 멋진 섬
바다 향에 취해 있는데
보석 같은 오동도의 동백꽃 앞에
이어지는 신명 난 가락이여
싱싱한 생선회 돌산 갓김치
걸걸한 막걸리에 시린 가슴 풀리는 정
매력이 넘치는 낭만의 항구
영화가 널려진 다복한 여수

오묘한
조화의 궁금증

뱃길

가야 하는 먼 길을

떠나갈 때에

어두움에 갈피 잡지 못하고

파도에 중심 잃기 쉽지만

꿈이 있어 마음을 연다

갈매기야 노래하라 춤을 추어라

목적이 있어 즐거움이니

두려움이 있으랴

키를 잡아라

겨울밤의 추억

철부지 싸대듯 어둠 사이로
집적거리며 바람이 깔깔거릴 때
졸고 있던 문풍지가 재치있게
휘파람을 불어주었지
매주 향기 가득한 비좁은 방에
희미한 등잔불 주위로
자기 할 일 챙겨든 식구들
아버지는 윗목에서 새끼를 꼬고
아랫목엔 나이 어린 누이가
엎드리어 그림 그리고
누나는 수틀에 눈 맞춤하고
내가 졸음에 잠길 때쯤
옷가지를 손질하시던 어머니께서
가져오는 동치미에 찐 고구마
그 즐거웠던 시절을 떠올린다

오묘한
조화의 궁금증

단풍

왕성한 기상을 지우며
변화에 물들고 있다
귀거래에 순응하는 생명
이제 떠나야 할 때
너털웃음에 모든 걸 잊으리라
하지만 몽매 중에 까불었던
지난날들이 얼룩져
드러난 피멍이라네

조화

청청한 하늘은
윗자리를 지키고
만족을 알아 머무는 산은
밝음을 보고
비우는 계곡은
가득함이 있으며
낮추어 있는 바다는
모여드는 영광이 있다

오묘한
조화의 궁금증

서울살이

고층 건물 아찔아찔

밀린 차량 굼실굼실

온갖 인파 북적북적

화려한 고대광실 많기도 하지만

누구의 발상인가

못난 놈 들어가란 듯

누추한 지하방도 많구나

뻥튀기요 좁쌀 줍기

천차만별 사는 모습

서광이 울에 넘쳐 서울이요

서러움이 울을 넘어 서울인가

청개구리

주위에 어울리는
낮은 자세를 갖추었네
따가운 소리 숨 가쁜 계산의 늪은
적성의 환경이 아니다
한적한 초야에 들어
보드라운 잎의 언어에
귀 기울여 간직하는 푸른 넋
무얼 바라고 독사 입을 지니며
솔개발을 붙이랴
영롱한 이슬에 심신을 닦는
푸르른 일생이어라

오묘한
조화의 궁금증

시계 앞에서

동강동강 꿀꺽꿀꺽
세월을 잘라먹는 대식가로다
나는 적은 시간에도 체하여
머리가 무겁고 휘청대는데
너는 아무런 느낌이 없는 것이냐
무한한 나날을 유감없이 삭이는구나

고추

사노라면 느끼는 맛이
어디 한두 가지랴
저마다 지닌 별의별 튀는 맛
옹골찬 감칠맛
은연중에 깨물고 삼킬 때에
아리고 눈을 적시는 아픔들
결코 미운 것만은 아니네
참맛을 보이는 웅숭깊은
그 뒷맛이라니

오묘한
조화의 궁금증

미운 세월

복이요 고마움에 내가 있는

이 세상 이 천국

너무나 짧은 것이 눈물이네

바람아 불지 마라

아름다운 꽃이 진다

세월아 멈추어라

아까운 인생도 진다

바람에 지는 꽃도

다시는 볼 수 없고

세월에 지는 목숨

한 번으로 끝이라네

무정한 세월아 미운 세월아

오고 가지 말아라

오고 가지를 말아라

냉장고

우람하고 중후한 외모
유별나고 복잡한 속내
금이야 옥이야 알뜰살뜰
품에 안은 여린 것들
초심을 잃을까
여념이 없는 바라지
이어지는 근심 걱정에
떨치지 못하는 아린 냉가슴

어느 길손

이어져 반기는 경이로움이 있어
허리 휠라 짐 벗어 가는 나그네
양념인 듯 눈보라 비바람 맛을 불리고
청아한 꾀꼬리 소리 아련한데
가까이 사람의 소리 화사하다
어디로 가는 걸까
사람의 소리에 멀어져 가네

거품

덩실덩실 떠올라
뵈란 듯이 뽐내고 있다
뿌듯한 즐거움에
들떠 거들먹거린다
텅 빈 속 개의치 않고
부풀리는 외향성
허황된 꿈으로 으스대는
순간의 부질없는 망령이여

빈 그릇

거리낌이 없으니

가리지 않는다

충만하다

투명 그 자체이다

밝다

담박하다

떳떳함이요

자유로움이 있으니

팔방미인이다

개구리

고달픈 땅에 위험을 무릅쓰고
힘차게 뛰어나간다
내세울 재주 없는
변변치 못한 몸
생명은 누구나 슬픈 것
사활의 기로에서
우선은 열망이더라
구접스런 진흙탕에서
허우적거리던 날을
잊을 수 없으리니
과거를 거울삼아
메마른 황야에 장엄한
삶의 도약을 한다

국화

나름대로 때가 있으니
허둥지둥 서둘지 않는다
어설프게 설치다가
이름 잃을까 두려워라
서서히 건실하게
추스르고 다지노라면
무엇엔들 때가 없으랴
부끄럽지 않게 인격 갖추고
찬 서리 외압에도
의젓한 맵시를 드러낸다오

한 걸음 한 걸음

내딛는 발길에
반기는 곳 있겠는가
아슬한 터전
영욕에 얼룩진 비린내 속에서
무언가
바람이 있어
기다림 있어
고쳐 잡은 마음에
눈을 씻고 귀를 열어 나서는 아침
소리 없이
욕됨이 없이
한 걸음씩 내딛는다

오묘한
조화의 궁금증

목화

산비탈 목화밭에

주렁주렁 탐스러운 목화솜이

댕기머리 어린 소녀

치마저고리에 앞치마 두르고

바구니 넘치도록 따 담았지

울긋불긋 꽃이 피었다 질 때

맺힌 열매가 계란 정도 자라서

빵긋 펼쳐지는 새하얀 솜꽃

솜틀에 타서 솜이불 솜버선 만들고

물레 자아 실을 뽑고

베틀에 천을 짜는

꽃 중에 고마운 꽃

두루마리 휴지

시원스레 이어져 풀리듯
하는 일이 우리 모두
그랬으면 좋겠네

깊은 속 드러내도 추한 모습
전혀 없는 우리 행동
그랬으면 좋겠네

한결같이 보드랍고 하얀 마음
지니듯 우리 인정
그랬으면 좋겠네

혼연스레 어려운 일 거들어
희생하듯 우리 또한
그랬으면 좋겠네

등대

주위를 돌아보면
잠들 수 없어요
벅찬 곤경에 들면
더해지는 근심 걱정
거친 파도에 지치고 어두움에
위험한 탈선에 방황하는 이에게
사랑의 빛 절실한 희망의 안내자로
유감없이 우뚝 서야 한다네

라면

사랑스러운 식객에게
일조를 하기 위함인데
어찌 안주할 수 있으리오
이미 꼬여지고 말라서
바싹 굳었다네
밀폐된 암실에서 진득하게
꿈에 들어 있노라면
조만간 홍취의 기회를 맞으리라
열탕에 들어 화려한 변신으로
식욕의 진가를 올리어
삼삼한 귀염을 보이리라

오묘한
조화의 궁금증

명상록

바람은 구름을 인도하고
밤은 별들을 탄생시킨다
산은 분수를 알아 머물고
물은 겸허히 몸을 낮춘다
나무는 쾌활한 낭만에 들고
바위는 사색에 잠긴다

목수

대패질하고 톱질하듯
굽은 심사를 깎아내고
맞지 않은 생각을 잘라내야 한다
장단의 여부에 신중을 기하여
착오 없는 자질을 하여야 한다
삐걱거리지 않게 쐐기를 박고
박히지 않을 곳 남의 심중에
못질은 있을 수 없다
숙달된 기술로 하자 없는 집을 짓듯
심오한 지혜로 탈 없는
자신을 세우는 달인

바다

힘겨운 노동이여
고통의 연속이여
이어지는 번뇌여
왕창 덮치려는 듯
덥석 움켜쥐려는 듯
막무가내 집어삼키려는 듯
미완의 범주에서
광분에 뒤엉키어
가쁜 숨 몰아쉬며 버둥대다가
엎어지고 부서지길 거듭하면서
기를 쓰는 억척이여 호들갑이여
덧없다 부질없다 느낌 없는지
아등바등 쥐어짜는 몸부림도
흥겨운듯 한톨의 시간도
버리지 않는 집념의 일상이여
끈질긴 욕망이여

뱀

손발을 잃은
참혹한 불구에도
거친 바닥을
통쾌하게 살아가는 지혜여
소리마저 잃은
표현의 결함에도
풍부한 감정에
소리 없는 달변의 능력이여
사랑 또한 잃어
애매하고 억울하게
저주받은 희생자여
적지 않은 잃음에도
성자와 같이
진지하고 심오한 삶이어라

오묘한
조화의 궁금증

너와 나의 언어

풀밭에서 느닷없이 마주친

너와 나

서로 놀라 움츠리며

겨루는 눈총에

너의 입놀림이 번쩍이구나

당황스럽다는 것이냐

의도가 의심스럽다는 것이냐

우리의 세계가 같지 않으니

너의 깊은 뜻을 어찌 알겠냐

나의 맛이 없는 소리와

너의 소리 없이 의미심장한

언어와는 거리가 너무 멀구나

별1

드넓은 세상
다양한 텃밭이지만
어둠 속에 발붙인 초라한 생명
어둠이 아니라면 어찌
한 점 수를 놓으리
외로움이 아니라면 이토록
어울릴 수 있을까
나 여기 더불어 속삭이는
화려한 낙원
어둠 속에 사랑이 있고
희망도 있네

별2

고마워라 어두움이여
즐거워라 어두움이여
나에게 눈을 뜨게 하고
빛을 안겨주는 어두움이여
예전에는 잠들고 있었다
나를 잊고 지냈다
세상을 보지 못했다
어두움에서 닦고 다듬어
나를 찾았고 길을 보나니
어두움이 안내자요
위대한 스승이라네

춘흥

살랑살랑 봄바람에
한들한들 개나리에
펄럭이는 마음이 노래를 만든다
말끔하게 닦여진 하늘을 품는
잽싼 제비와
고운 물고기가 수정 같은 맑은 물을
희롱할 때
옹색한 생명들도 호기롭게
드러내는 패기 앞에 넘치는 신명이여
흥얼흥얼 절로 피는 가락에
곁드는 어깨춤이 제멋 겨워하는구나

화려한 봄날

꽃에서 노는 나비
어려움을 알겠는가
화려한 봄날에 빠진 잠이
가려움을 알겠는가
꽃이 지면
지는 꽃에 넋두리요
눈을 떠선
짧은 봄만 푸념하네

사랑하는 그대에게

오 사랑하는 그대여
당신은 아직도 날 미워하겠지
사랑하지 못한 모든 것이
나의 불찰이었네
하늘이 낳은 짝이란 걸 몰랐네
백년해로의 의무도 잊었다네
자식에 대한 책임도 버렸다네
이제야 겨우 뉘우치나니
어찌하랴 지울 수 없는 과거사
그대의 인내로 오늘에 이르렀으니
고마워라 관대한 그대여
부끄럼에 탄식하나니
못난 이 사람 원망을 지워다오
내 사랑하는 당신이여

비둘기 부부

언제라고 다르랴

날이 밝으면

거리를 거닐며 오순도순 속삭이는

다정한 부부

근면하고 소탈하며

활달하고 재치 있어

지나치며 고운 인사 놓치지 않고

한마디 농담에 웃음 만들어

시간을 붙드는 살가운 인정

등불

뒤덮인 어둠 속에
가물가물 애처롭구나
작게 이는 입김에도
꺼질 듯 지워질 듯
웅크린 약골이여
비실거려도 넋은 고와
애써 다소곳하게
피워내는 빛이여
애애한 정경을 살리어
훗날 그리움으로
승화하는 소박한 역군이라네

오묘한
조화의 궁금증

불효자

굳어진 응석에 존경심은 사라지고
천금보다 소중한 말씀
검불처럼 날려버렸다
가이없는 은혜를 받으면서도
사랑한다는 말 한마디 아니하였고
기쁨을 드리는 일 전혀 없었다
다른 곳에선 바보 노릇 일색이면서
부모 앞에서 으스대고 방자하였지
계실 때에는 고마움 알지 못하고
늙어서야 뉘우치는 불효자라네

바느질

석유 등불 흐린 빛에
이어지는 바느질
낮이면 들일에 지친 몸을
다소곳이 붙들고 앉아
낡은 옷가지를 기우는
안쓰러운 모습
괴로움을 잘라내고
희망을 덧붙이며
곱게 곱게 솜씨를 빚어내지
그토록 가난을 꿰매지만
치미는 빈곤의 찬바람에
등불마저 시름에 젖는
미운 바느질

나그네 가는 길

첩첩산중 나그네

고적함을 비관하랴

깨지고 삔 발목

더디고 고달픔을 탄식하랴

새들의 밝은 노래

연민의 정이 넘치고

피로를 지우는

꽃들의 희망을 보면

갈 길이 천리요

저녁노을 핏빛일망정

구름 가듯 가는 몸에

청아한 마음을 연다

외기러기

차가운 밤하늘에
울며 나는 저 기러기
어이해 길을 잃고
너 홀로 헤매이느냐
아득한 너의 길 어둠 속의 길
외로운 날개에 눈물 젖지만
절망을 털어버린 가벼운 몸에
낙원이 멀잖으니 즐거이 가라
외기러기야

오묘한
조화의 궁금증

날지 못하는 새

날아야 할 판인데

지녀야 할 날개 없구나

경쾌한 비상을 지켜볼 때에

못난 자신이 서글퍼진다

지난날 무위도식에

뒤늦게 보이는 창공

날아야 할 마당에

지녀야 할 능력 없으니

누구를 원망하랴

고개 숙여 발등만 찍고 있구나

백로

오늘도 잘 자라는지
탈이 없는지
들에 나가
사랑하는 벼포기 어루만지며
걱정도 안심도 곁들여 끌어안고
토실토실 익어주길 기대하면서
비를 맞고 둘러보고
이슬 털며 웃음 짓는
농부의 모습
새하얀 무명 적삼
내 어릴 적 가난을 몰아내던
아버지의 모습

개미 같은 삶

한 톨의 먹이를 얻기 위하여
단잠을 내치며 길을 나선다
북적북적 뒤죽박죽
한 치 앞을 알 수 없는 길
모진 목숨 연명하기 고달프지만
야비하게 부귀영화 연연할쏘냐
욕되지 않게 살겠노라
얼굴마저 잊을까 두려운 가족
사라지는 대화에 쓴맛 다시며
어둠 속으로 도둑처럼
들고 나는 생업의 역군

소

외로이 홀로 풀밭에 앉아
청아한 매미 소리 듣노라면
어느새 자신의 설움을 되새긴다
좋은 세상 멋진 시절에
재주 없고 어리석어
여지없이 짊어쓴 고통
육중한 허우대에 더욱 서러워
밖으로 쏟지 못한 눈물이
눈에서만 애처로이 흥건하구나

소금

돌 삶은 판이라도

아기자기 신명을 낳는 너

썩지 않고 상하지 않게

중심을 잡는 너

능력이란 하루아침에

이뤄지지 않는 것

그동안 얼마나 많이

지우고 비워냈던가

하얀 눈은 먹구름에서 나오지만

절경을 이루고

너는 뻘판에서 피어나

세상의 멋을 불리는구나

잔을 들고

받아드는 이 잔은
어이하여 이다지도 쓴맛이냐
의외로 받은 고통 너무 크구나
쓰린 가슴 부여잡고 먼 산을 보며
다시는 뒷맛이 별미로구나
두 번 다시 없기를 바라는
옹골찬 각성
쓰디쓴 이 맛이 차라리 보약이구려

식사

여러 소담한 음식

골고루 집어 먹는다

별의별 의외의 맛에

감명을 받고 멋들어진다

뜨거운 국에 데기도 하고

매운맛에 눈물 내기도 하며

새콤달콤 감칠맛에 웃음을 짓기도 한다

깨물고 다실수록 우러나는 참맛이여

옹골지게 버무려져 진주로 영글리는

세상의 고마움이여

다시 없는 천국일세

어머님의 마지막

거동의 힘이었던 지팡이도 놓으시고
자리에 누우시더니
말마저 끊어버리고 식음도 전폐하고
날로 쇠약해지는 어머님
물로 입을 축여드릴 때
많은 나날을 괴로워하시다가
조용히 숨을 거두시었지
죽음 앞의 비참한 어머님을
어찌하지 못하고 지켜만 보는 불효자
자식 노릇 못 한 죄 형언할 수 없다네

연탄

빛깔에서 알겠네
지극히 심오한 태생임을

무게에서 알겠네
지극히 중후한 자부심을

맵시에서 알겠네
지극히 소박한 개성임을

능력에서 알겠네
지극히 열렬한 희생을

유리

투명하지 않고서 어찌
이름이 온전할 수 있으며
강직하지 않고서 어찌
자리를 지킬 수 있으랴
투명하여 혼탁이 없으니
참이요 믿음이며
강직하여 굽힘이 없으니
자존심이다
맑고자 함에 더러운
유혹을 반길 수 없고
고요하고자 함에 거친
손길을 멀리함이니
이야말로 영생을 누리는
고매한 비결이다

인생 찬가

숭고한 자연의 절묘한 멋에
흥미진진 웅숭깊은 인정의 맛에
소중하기 그지없는 부모형제 처자식
이다지도 고운 인연
어디에서 보겠는가
또다시 보겠는가
대하는 냉정으로 가슴 아픈 혈육
이별 없이 살고픈 이곳이 더없는 천국
너무나도 아까운 인연 지우고 나면
무슨 기쁨 있겠냐
복받은 이 순간 고마운 세상이여

주막

마을 저만큼 동떨어져
나앉은 초가
막걸리 한 사발이
인정의 마중물 되어
싸한 애환이 모락모락 피어나는 곳
허약한 아버지
일에 묻힌 아버지
비인 가슴을 지우시던 곳
격변의 세태에 전설 속으로
사라져가는 정감 어린 시골의 명물

지게 앞에서

너나없이 지게를 지겠다지만
막상 지는 이는 따로 있더라
앞장서서 큰소리 땅땅 치지만
지게 앞에서 슬금슬금
꼬리 감추는 강아지 꼴
목청이나 안 높이면
딱하지나 않지
그러면서 생색은
자기가 내려고 버둥거리지

팽이

돌아간다

팽팽 돌아간다

너무나 어지럽게 돌아가기에

방향감각 지워지고

갈피를 잡지 못한다

매운 채찍에 정신을 가다듬고

성숙의 축을 세우며

모든 것을 낙관적으로 소화한다

이렇게 돌아가는 것도

한 조화를 이루니

경이로운 삶이라네

오묘한
조화의 궁금증

포구의 노래

파도가 거칠더냐
육신이 고되더냐
주는 대로 있는 대로
끌어안은 고마움에
갈매기도 춤 노래가 화려하구나
싱싱한 생선 회자 젓가락 장단에
물씬물씬 바다 멋을
뭉텅뭉텅 사는 정을
우람하게 뿜어낸다

호명

바람 탄 세월에
저 멀리 묻혀버린
동지섣달 꽃과 같이
향기로운 이름을
어려웠던 그 시절
따뜻했던 그 사람
이 몸이 허물 많아
가슴 녹여 불러본다
너그럽고 인정 많은
아름다운 이름을

오묘한
조화의 궁금증

술과 더불어

젓가락 장단에 노래를 부르자
손가락 박자에 시름을 지우자
우리의 기쁨이 여기에 있다
향기가 있다
따르는 술잔에 넘치는 인정
취하자 넉넉한 마음
조여진 나사를 풀고
채우리라
맑고 밝은 내일의 희망

오묘한
조화의 궁금증